애쓰지 않아도
괜찮다

잊지 않았으면＿＿＿＿＿

정답 찾기는 멈추고
지금 순간을 정답으로 여기고 살아가는 것

기쁨의 크기와
슬픔의 깊이는 서로 이어져 있다는 것

치유의 크기와
고민의 깊이는 서로 떨어질 수 없는 하나라는 것

집착하지 않으려고 집착하기보다
종착지까지 깊이 음미하는 것

경쟁하기 위해서가 아니라
협주하기 위해 만난다는 것
그리고 경쟁 또한 협주의 일부라는 것

서로 사랑하는 마음은 존재하지 않고
두 개의 짝사랑이 존재할 뿐이라는 것

상처가 아니라
깨달음이었다는 것

함께 하지 않으면 불안한 사람이 되기보다
혼자이든 함께이든 즐겁게 살아갈 수 있다는 것

사랑받지 못한다는 생각도
사랑으로부터 생겨난다는 것

살아내는 일도 중요하지만
잠시 쉬어가는 일도

잊지 않아야 한다는 것＿＿＿

애쓰지 않아도
괜찮다

시미즈 다이키 지음

최윤영 옮김

 큰나무

시작하며_____

인간사회에 속하기 이전에, 아기였던 시절의 우리는 '순수한 하나의 세상'에서 살고 있었습니다. 하지만 자의식이 깨어나면서부터 우리는 자신이 세상과 분리되었다는 착각으로부터 결핍을 느끼게 되었습니다. 결핍을 채우기 위해 우리는 주위에서 애정과 행복을 구하며 '지금 여기가 아닌, 미래를 찾는 여행'을 떠났습니다.

저 역시 바로 그러한 여행자의 한 사람이었습니다. 인생이라는 망망대해에 빠져 허우적거릴 때 심리학서나 자기계발서 등의 '튜브'는 큰 도움이 되었습니다. 하지만 튜브 따위로는 버텨낼 수 없는 현실의 거센 파도를 만난 서른다섯에 저는 그만 튜브와 함께 붙잡고 있던 것들을 버려야만 하는 상황에 내몰렸습니다.

이때 제 인생관에 코페르니쿠스적 회전이 일어났습니다. 내면에서 폭발적으로 강렬한 에너지의 소용돌이가 일며 저는 소립자로서 바다에 녹아든 것입니다. 지금껏 분명 분리되어 있다고 생각한 세상과 갑자기 하나로 이어져버린 것이죠. 안과 밖의 경계가 사라지고 눈앞의 풍경 전부가 제가 되어 있었습니다. 흐르는 강물, 바람에 흔들리는 나무, 활짝 피어오른 꽃, 사람들의 웃음소리… 이 모든 것들이 제 자신이 되면서 지금까지 배경으로만 여겼던 세상에서 제가 주인공이 되었습니다.

그리고 얼마 뒤 저는 깨달았습니다. '나는 지금의 세상과는 정반대의 세상에서 살고 있었구나. 사랑하지 않으면 안 된다고, 행복해지지 않으면 안 된다고 노력하면서 나 스스로 고통을 만들어내고 있었구나.'

'생각하는 대로 이루어진다'는 말을 자주 하는데, 여기에 줄곧 놓치고 있던 사실이 있습니다. 바로 '생각 자체가 현실이다'라는 것입니다. 이는 양자역학의 세계에서도 명백히 드러납니다. 예를 들어 '돈이 필요하다'라는 생각은 '지금은 돈이 없다'는 현실을 알려주기에 우리는 자신이 생각하는 현실, 즉 돈이 없는 세상을 살아가게 됩니다. '돈이 필요하다'는 생각이 '돈이 필요'한 현실을 그대로 반영하고 있는 것이죠. 이는 말장난이 아니라 양자역학의 파동함수로 증명된 물리 법칙입니다.

세상에는 수많은 이들이 지금껏 쌓아온 다양한 생각의 전파가 어지럽게 날아다니고 있습니다. '무언가 갖고 싶다'는 생각 역시 어딘가로부터 우리의 곁으로 찾아옵니다. 우리는 그것을 '나의 생각'이라고 착각하지만, '나의 생각' 같은 건 없습니다. 생각은 계속 켜둔 라디오와 비슷해서, 아침에 일어나면 자동적으로 외부로부터 생각의 전파를 받게 됩니다. '무언가 갖고 싶다'는 생각을 자신과 동화시키지 말고 생각과 생각 사이의 공백을 의식해보세요. 분명 스트레스가 줄고 에너지가 가득 차는 느낌을 받을 것입니다. 이 공백이 순수한 생각이자 본래의 여러분입니다.

자기를 부정하는 것을 멈추고 공백을 받아들이면 마음이 탁 트이고 자유로워집니다. '알고 있다'는 과거의 기억으로 현실을 바라보면 세상은 점점 잿빛으로 보일 테지만, '모른다'는 공백으로부터 현실을 바라보면 세상은 생기 있게 반짝일 것입니다. 또한 자신이 망망대해(인생) 그 자체임을 떠올릴 때, 망망대해(인생)가 내게 무엇을 해줄 것인가가 아니라 망망대해(인생)로서 어떻게 살아갈 것인가로 흥미가 이동하게 될 것입니다.

이 책의 글들은 '튜브를 필요로 하는 사람(무언가를 얻고 싶은 사람)'을 위한 메시지와 '튜브로부터 벗어나려는 사람(무언가를 내려놓으려는 사람)'을 위한 메시지의 두 시점으로 기술했습니다. '지금 나에게 필요한 메시지'를 찾아가며 읽어주신다면 더없이 행복하겠습니다.

시미즈 다이키

차례

서로 사랑한다는

환상 너머에

두 개의 짝사랑이. _____

Chapter 1 Love & Like

가치관이
같은 사람은
단지 궁합이
잘 맞는 사람

가치관이
서로 다름을
인정할 수
있는 사람은

애정이
깊은 사람

장점으로부터 좋아지고 단점으로부터 사랑하다

그 사람에게 끌렸던 이유는 무엇이었을까. 착실해 보여서? 외모가 마음에 들어서? 연락을 잘 해서? 포옹력이 좋아서? 그러나 세상에는 분명 그보다 더 착실하고 더 외모가 훌륭하고 더 연락을 잘 하고 더 포옹력이 좋은 사람이 있을 것이다.

　혹시 어떤 사람의 결점을 알게 되었는데도 그 사람이 좋아진 적이 있는가? 평소에는 착실하게만 보았던 사람인데 어느 날은 그의 옆모습이 애처롭게 느껴져 지켜주고 싶었다든지, 언제든 연락하면 바로바로 답하던 사람이 어느 날은 연락이 두절되어 걱정하게 되었다든지 하는 일들.

　어쩌면 그 사람의 장점(빛)으로부터 좋아지고, 단점(그림자)으로부터 사랑에 빠지게 되는지도 모르겠다.

인정받고 싶어 하는 남자

사랑받고 싶어 하는 여자

근거가 중요한 남자

기분이 중요한 여자

싸우면 입을 닫는 남자

싸우면 말이 느는 여자

우울할 때는 혼자 있고 싶어 하는 남자

우울할 때는 함께 이야기하고 싶어 하는 여자

생각이 정리되면 말하는 남자

생각이 정리되지 않아서 말하는 여자

(여자의) 알아주었으면 하는 걸 알아주지 않는 남자

(남자의) 알아채지 않았으면 하는 걸 알아채는 여자

약점을 보여주고 싶지 않은 남자

약점을 보여주었으면 하는 여자

혼자의 시간(자유)을 빼앗기고 싶지 않은 남자

함께 있는 시간(관계)을 빼앗기고 싶지 않은 여자

자신을 지키려다가 관계를 잃는 남자

관계를 지키려다가 자신을 잃는 여자

헤어진 상대(추억)를 미화하는 남자

헤어진 상대(추억)를 지워가는 여자

남자의 탈이 벗겨지면 연약한 소녀가 되는 남자

여자의 탈이 벗겨지면 힘찬 아저씨가 되는 여자

문제를 해결하면 된다는 남자

자신을 이해해주길 바라는 여자

남녀는 받아들이는 방식이 다르다

남자는 대화에 절차나 목적이 있어야 하지만 여자는 대화를 함에 있어 절차나 목적이 필요 없다. 남자에게 있어 대화는 단순한 '정보 주고받기'이지만 여자에게는 '마음을 주고받는 것'이라 남녀가 대화를 받아들이는 방식과 대화를 통해 느끼는 것이 근본적으로 다르다.

'남자와 여자는 서로를 이해한다'는 전제하에 만남을 이어나가면 서로 이해하지 못할 때 고통이 생겨난다. 하지만 '남자와 여자가 서로를 이해하는 건 어려운 일이다'를 전제로 두면 시점이 바뀔 수 있다. 가끔 '서로를 이해한다'고 생각되는 순간이 귀중하게 느껴지고 진심으로 감사하는 마음도 쉽게 생겨난다.

나의 **행동**이

부정당했을 때

나의 **존재**가

부정당했다고

착각하는

습관을 깨달을 것

말로 하는 다정함과
말로 하지 않는 다정함
중에서
바로 전달되는 건
말로 하는 다정함

하지만
진정한 다정함은
알아차리지 못하는

말로 하지 않는 다정함
공기 같은 다정함

5

열정을 전하는 게 아니라
열정으로 전하지 않으면

　　마음에
　　가 닿지 않을 듯한 기분이 든다

사랑을 전하는 게 아니라
사랑으로 전하지 않으면

　　마음을
　　울리지 않을 듯한 기분이 든다

말에 있어 가장 중요한 건

말의
의미보다

말에 깃든
마음

어디로 말할까

머리로 말하면 머리에 가 닿고, 마음으로 말하면 마음에 가 닿는다. 되는 대로 말하면 그저 그런 말밖에 되지 않는다. 어른이 아이에게 주의를 줄 때, 아이는 어른이 머리와 마음 중 무엇으로 이야기하는지를 민감하게 느낀다. 그래서 아이는 부모가 '말하는 대로' 되지 않고 '행동하는 대로' 된다.

6

솔직한 사람을 바라기보다
솔직한 나로서 있게 하는 사람을
놓쳐서는 안 된다

있는 그대로 자연스러운 사람을 바라기보다
있는 그대로 자연스러운 나로서 있게 하는 사람을
놓쳐서는 안 된다

다정한 사람을 바라기보다
다정한 나로서 있게 하는 사람을
놓쳐서는 안 된다

중요한 것은 이것저것
욕심내지 않고

진정으로 원하는 것을
깨닫는 일

잘하는 것보다

열렬하게 하는 것

무엇을 할지보다

어떤 나로서 그것을 할지가

열쇠

바라지 않고 기대하지 않는다

시골에서 살면 도시가 그립고, 도시에서 살면 시골이 그립다. 미혼일 때는 결혼이 하고 싶고, 결혼을 하면 자유가 그립다. 자신에게 잘 하면 착한 사람이라고 하고, 자신에게 잘 못하면 짜증 나는 사람이라고 한다. 부모가 있을 때는 방해하지 말라면서 제멋대로 굴고, 부모가 곁에 없으면 갑자기 보고 싶어 한다.

이렇듯 사람은 금세 무언가를 바란다. 돈이 더 많으면 좋겠다, 시간이 더 있으면 좋겠다, 인정받고 싶다, 나만 사랑해줬으면 좋겠다, 좋은 사람으로 보이고 싶다, 멋진 사람을 만나고 싶다….

바라고 기대하기 때문에 그것이 채워지지 않을 때 외로움이나 답답함을 느끼게 된다.

지금 순간이 아닌 어딘가에 더 중요한 것이 있을지 모른다는 생각이 들기 시작했다면 당신은 뭔가 중요한 것을 놓치고 있을지 모른다.

타인을 치유하는 행위가

사실은 나를

치유하는 것일지 모른다

타인을 키우는 행위가

사실은 나를

키우는 것일지 모른다

7

타인을 위로하는 행위가
사실은 나를
위로하는 것일지 모른다

타인을 웃게 만드는 행위가
사실은 나를
웃게 만드는 것일지 모른다

타인을 사랑하는 일이
사실은 나를
사랑하는 일일지 모른다

타인에게 조언하는 말은
사실은 내가 듣고 싶어 하는
말일지 모른다

누군가를 위해서 한 일들이
사실은 나를 향한
것이었을지 모른다

그렇게 생각하면 이 세상은 전부

나에게로

이어서 있는 것일지 모른다

고요함으로 전해지는 것

사랑이란 공허함 그 자체다. 빈 그릇에 물을 채우기 위해 애쓰지만, 실은 빈 그릇 자체가 이미 사랑이다. 채우는 것과 채워지는 것은 본래 다르지 않다. 이 점이 이해된다면, 모든 것이 하나임을 알며 모든 것에서 자신을 볼 수 있게 된다. 이는 말이나 가르침이 아니라 고요함을 통해 알게 되는 것이다. 세상에 가득 차 있는 나에게 눈뜨는 것이 사랑이다.

8

만나는 사람은
모두 가면을 쓴 신이다
만나는 현상은
모두 화장을 한 사랑이다

사랑은
나와 당신 사이에 있는
희로애락의 색칠이 사라져도
남아 있는 무언가이다

타인과의 관계는

없으면 쓸쓸한데 있으면 귀찮은 법이라

누군가와 있으면 혼자가 그리워지고

혼자 있으면 누군가가 그리워진다

하지만 **사람은 만남을 통해 자신과 만난다**

나의 밖에 존재하는 것이

내 안에 존재하는 것의

메타포라면

누군가에게 기쁨이나 반짝임을 이끌어내면

자연스레 나의 기쁨과 반짝임도

바깥으로 넘쳐나온다

화를 내는 사람이
불편하거나 신경이 쓰인다면
사실은 내 안의 화를 깨닫지
못하고 있는 걸지도 모른다

갓난아기의 울음소리가
신경이 쓰인다면
사실은 나도 울고
싶은 걸지도 모른다

어리광을 부리는 사람이
짜증 난다면
사실은 나도 누구에게 어리광을
부리고 싶은 걸지도 모른다

조건 없이 자신을
용서하면
조건 없이 다른 사람도
용서할 수 있다

일어나는 일은 중요하다

일어나는 모든 일, 그 일에 대한 당신의 반응은 당신이 무엇에 저항하고 어떤 생각을 붙들고 있는지를 알려준다. 뒤집어 생각하면, 진짜 자기 자신에게로 돌아가는 길을 알려주는 중요한 메시지이다.

열정을 가슴에 지니고 있으면
나를 필요로 하는 사람과
내가 필요로 하는 사람과의
만남이 반드시 일어난다

이 사람 좋다고
느껴지는 사람이 있다면

좋다고 느낀 그 부분을
내 안에서 찾아 키워나간다

나의 부족한 부분을 가진 사람과 함께 하는 것만으로
특별히 무언가를 배우지 않아도
자연스레 변화되어간다

쌓이는   분노의

작은 불만과   밑바탕에는

외롭다 혹은

알아줬으면 좋겠다는   마음이 있다

이 마음이야말로 **정말로 전하고 싶은 마음**

불만이나 분노를 전하고 싶은 게 아니다

13

누구처럼

아름답지 않아도 괜찮다

누구처럼

잘 놀지 못해도 괜찮다

누구처럼

훌륭한 사람이 되지 않아도 괜찮다

누구처럼

풍요롭지 않아도 괜찮다

나와 다른
누군가가 되려고 하니까
괴롭다

타인과 비교하며

우울해진다

다른 사람을 지배하려는 그 지배욕에

내가 지배당하고 만다

중요한 건 남이 어떻게 생각하는지가 아니라

내가 어떻게 하고 싶은가이다

무리하게
세상에 맞추지 말고

나답게 아름답게
나답게 즐기며
나답게 표현하고
나답게 풍요로우면 된다

용기를 갖고 나쁜 습관과 방식은 털어내고
내가 열정을 느끼는 방향으로
나의 영혼이 원하는 방향으로 나아간다

타인의 기대로부터 벗어나
중심을 갖고 살아가면

타인의 마음을 알아차려도
주변 사람이나 환경의 변화에
휘둘리지 않고
보다 확실하게 대응할 수 있다.

미움받았다
라고 생각하고 있다

바보 취급을 받았다
라고 생각하고 있다

부정당했다
라고 생각하고 있다

사랑받았다
라고 생각하고 있다

인정받았다

라고 생각하고 있다

칭찬받았다

라고 생각하고 있다

뭐야

전부

내가 내 멋대로
생각하는 거잖아!

사람을 미워하면 안 된다
폐를 끼치면 안 된다
답장이 늦으면 안 된다
게으르면 안 된다
보살피지 않으면 안 된다
사랑받지 않으면 안 된다
회사를 그만두면 안 된다

안 된다
안 된다
정해놓은 것들이
문제와 불쾌감을
불러일으킨다

안 되는 것을

내려놓을 용기는 없는지

16

내 문자에는 답장도 안 하면서
페이스북에 업로드를 하고 있다

내 전화는 안 받으면서
트위터에 트윗을 올리고 있다

메시지를 읽었으면서
답이 없다

타인에게는 '좋아요'를 주면서
내게는 '좋아요'를 주지 않는다

편리해진 만큼
고민도 늘어나는 시대이지만

그 사람은

이렇게 변해야 한다거나
이렇게 해야만 한다거나
이렇게 하면

그 사람이

달라질지도 모른다거나
하는

지나친 기대는

하지 않는 편이 좋을지 모른다

가면으로부터 자유로워지는 순간

과거의 상처를 감추기 위해 또는 더 이상 상처받지 않기 위해 이렇게 해야만 한
다 또는 이렇게 하지 않으면 안 된다는 생각들로 이루어진 자기 합리화의 가면
을 쓰고 살아가다 보면, 어느새 나는 가면과 하나가 되어버린다.

있는 그대로의 내가 아니라 가면을 쓰고 있다는 사실을 깨닫는 것만으로 가
면을 벗어던질 수 있다. 가면을 쓰지 않아도 상처받지 않는다는 걸 알게 되는
것이다.

지금 무슨 생각을 하는지보다 무엇을 느끼고 있는지에 감각을 집중해보라.
불쾌감, 분노, 슬픔 등 답답한 감정이 당신 안에 있다고 해도 이는 과거의 느낌
에 불과하다.

당신이 무엇을 하건 하지 않건 간에, 그 사람이 당신을 필요로 하건 그렇지
않건 간에, 지금의 당신은 있는 그대로 완벽한 사람이다. 꽤 괜찮은 사람이다.

17

그 시기에만 피어나는 꽃이 있듯

그 시기에만 생겨나는 마음이 있다

그 시기에만 가지는 꿈이 있다

그 시기에만 할 수 있는 경험이 있다

그 시기에만 나타나는 사람이 있다

그리고

그것을 놓쳐서는 안 되는

타이밍이 있다

언제까지나
전할 수 있는 게 아니므로

전하고 싶은 마음이 있다면
전할 수 있을 때 전하자

언제까지나
몸이 움직이는 게 아니므로

하고 싶은 일이 있다면
할 수 있을 때 하자

언제까지나
함께 있을 수 없으므로

소중히 하고픈 사람이 있다면
아껴줄 수 있을 때 아껴주자

인생에서 만나는 사람은
모두 교사이자 선물

다정한 사람은
나의 마음을 치유해주었고

18

엄격한 사람은
새로운 나를 만나게 해주었고

미워한 사람은
인내와 관용을 가르쳐주었다

그렇게 생각하면
모든 것이
운명의 만남

친구 혹은 연인과의 첫 만남을 떠올려보면
어떤 이별이 있었기에
지금의 만남이 있었다든지
그때 그곳에 있지 않았더라면

만나지 못했을 거라든지

하는

다시 생각해보면

겹겹이 쌓인 사소한 우연이

중요한 의미를 지니고 있었음을 깨닫게 된다

지금까지 일어난 모든 일들이
소중한 선물

기쁜 일도 슬픈 일도

생각대로 된 일도 생각대로 되지 않은 일도

모두 지금 이 순간을 위해 일어났다

19

의지를 강하게 하고 싶다면
의지가 강한 사람과 함께 있을 것

미의식을 높이고 싶다면
미의식이 높은 사람과 함께 있을 것

운을 좋게 만들고 싶다면
운이 좋은 사람과 함께 있을 것

오랜 시간 함께 해온 부부의 얼굴이 닮아가듯
함께 있는 것만으로도
소리굽쇠처럼 파동이 공명한다

세상은 나를 비추는 거울이라서

내가 웃으면 거울 속 나(주변)도 웃는다

모든 것은 눈에 보이지 않는 하나의 실로 이어져 있어

나의 생각과 말과 행동은 전부 세상의 부분에 영향을 미치고 있다

그래서 하나(一)의 실(糸)로 이어져 있는 사람(者)이라 一緒(함께)라고 쓴다
지금 우리는 함께 **변화의 시간**을 맞이하고 있다

현실을 바꾸는 끌어당김의 방법

내가 편안하면 그 마음이 주변에 퍼져 편안한 사람과 일을 끌어당기게 된다. 반대로 심각한 얼굴을 하고 있으면 심각한 사람과 일을 끌어당기게 된다. '나는 구제불능이다'라는 생각을 하고 있으면 마찬가지로 '나는 구제불능이다'라고 생각하는 사람과 일을 끌어당기게 된다. 반대로 '나는 대단하다'라고 생각하면 마찬가지로 '나는 대단하다'라고 생각하는 사람과 일을 끌어당기게 된다.

자신을 어디에 두느냐에 따라 끌어당기는 현실이 달라진다. 풍요로워지고 싶다면 풍요로운 사람과 친해져라. 영어를 배우려면 책을 읽는 것보다는 외국인과 연애를 하는 방법이 지름길이듯, 행복한 결혼을 하고 싶다면 행복해 보이는 부부와 가깝게 지내보라. 머리로 배우려고 하는 것보다 훨씬 효과가 있다.

눈치채지 못하고 있을지 모르지만

20

당신의 도움을 받은 사람은
당신이 생각하는 것보다 훨씬 많다

당신이 여러 가지로 미숙했기에
어머니가 부모로서 성장할 수 있었다

당신이 달리기 경주에서 추월당했기에
추월한 사람이 자신감을 얻었을지 모른다

당신이 입시에서 떨어졌기에
합격한 누군가가 구원받았을지 모른다

당신이 아무것도 몰랐기에
그것을 알려주는 사람이 자신감을 얻었을지 모른다

당신이 아픔으로써
주변 사람은 건강의 고마움을 느꼈을지 모른다

남들보다 뒤처졌다고 해도

당신이 있어서 누군가는 이길 수 있었다

나는 남과 다르다? 나는 구제불능이다 싶은가? 다행이다 싶은가?

스스로에게 계산능력이 없으면 주변의 계산이 뛰어난 사람이 메워준다

특별한 능력이 없어도 주변에 능력 있는 친구가 있으면 문제없다

특별한 능력이 없다고 우울해할 필요가 없으며

성공하지 못했다고 해서 스스로를 비하할 필요도 없다

지금은 **성공한 사람보다**

가치 있는 사람이
행복해지는 시대

21

남자는 성욕이 족쇄가 되어
진짜 중요한 것이 보이지 않게 된다(않을 때가 있다)

여자는 외로움이 족쇄가 되어
진짜 중요한 것이 보이지 않게 된다(않을 때가 있다)

사회는 합리성과 편리성이 족쇄가 되어
진짜 중요한 것이 보이지 않게 된다(않을 때가 있다)

상대의 행복보다 자신의 외로움을 채우기에만 급급한
연애나 인간관계는 결국 균형이 무너지고 만다

상대에게 의존만 하다가는 언젠가 서로에게 부담이 되어
중요한 것을 놓치게 된다

그러니

옆에 누가 없으면 불안했던 사람은

자립하여 혼자의 시간을 소중하게 다룸으로써

둘이서 함께 하는 시간을 소중히 여길 수 있게 되고

이제껏 독불장군이었던 사람은

자신만의 세계에서 뛰쳐나와

좀더 타인과 부대낌으로써

새로운 세계가 보이게 된다

미움받고 싶지 않아

실패하고 싶지 않아

라고 벌벌 떨어온 사람은

자신만 지키려는 태도를 멈추고

미움받아도 돼

실패해도 돼

라고 대담해지면

새로운 세계로 향하는 문이 열린다

22

남녀 사이에 존재하는 모순에
직면해 상처받을 때
심장은 찢기고 크게 열린다

여자는
남자가 더 솔직해지고
감정을 주고받으며
관계가 깊어지도록 이끌고

남자는
여자가 지나치게 심각해졌을 때
감정에 빠지지 않도록 이끌어

깨달음의 빛을 밝힌다

정반대라서 균형이 잡힌다

가장 좋아하는 사람이 부부가 되는 게 아니라 '서로 배워나갈 수 있는 사람', '정반대의 기질을 지닌 사람'과 필연적으로 맺어진다.

대개 태평한 남자는 성질이 급한 여자와 맺어지고, 부정적이고 걱정을 달고 사는 여자는 낙관적인 남자와 맺어진다. 이런 식으로 나오고 들어간 부분이 함께 함으로써 균형이 잡히는 경우가 많다.

부부나 연인은 서로가 정반대라서 궁합이 좋은 듯 나쁘고, 사이가 나쁜 듯 좋으며, 안 맞는 듯하면서도 서로 보완하는 등 서로를 통해 스스로를 발견한다.

아무리 좋아서

외로워서라고 해도

자신이 옆에 꼭 붙어 있어야만 하는

그런 관계를 진정으로 바라는가?

23

상대의 날개를 짓눌러
날지 못하도록 만들어
자신의 상자 안에 계속 가두어두면
결국에는 숨이 막히고 만다

상대를 속박하려는 것은
동시에

자신의 마음이
상대에게 속박되는
것이기도 하다

애정은
요구하지 않아도

아니, 요구하지 않아야

자연스레 되돌아온다

역할을 버려본다

여자가 남자를 지나치게 보살피면 점점 엄마처럼 느껴져서 여자로서의 매력이
반감된다. 이 말을 듣고 가슴이 철렁한 사람은, 일단 엄마나 아내라는 탈을 벗
고 여자로서의 나, 본래의 나를 떠올려보라.

　자신의 마음을 깨닫게 되면 엉킨 실이 풀리며 세상이 변하기 시작한다.

　가족에게 필요한 것은 역할이 아니라 사랑하는 마음이다.

24

인정받지 못하고 있다고 고민하는 사람은
스스로 자신을 인정하지 않고 있을지 모른다

그 사람에게 소중히 여겨지지 않는다고 고민하는 사람은
그 사람의 소중한 것을 소중히 하지 않고 있을지 모른다

그 사람이 자신을 이성으로 대하지 않는다고 고민하는 사람은
스스로 자신을 매력적으로 보지 않고 있을지 모른다

그 사람이 더욱더 나를 이해해야 한다고 생각하는 사람은
스스로 자신을 더욱더 이해하는 편이 좋을지 모른다

세상은 더욱더 나를 받아들여야 한다고 생각하는 사람은
스스로 자신이 더욱더 세상을 받아들이는 편이 좋을지 모른다

더욱더 사랑받고 싶다고 생각하는 사람은

스스로 자신을 더욱더 사랑할 필요가 있을지 모른다

그 사람이 나를 어떻게 보는지가 아니라

내가 그를 어떻게 보고 있는지

내가 나를 어떻게 보고 있는지가 중요하다

내가 그 사람에 대해 하는 생각은

모두 나 자신에 대한 생각이다

현실은 의식의 반영

현실은 나의 의식이 반영되어 일어나고 있다. 마음에 분노를 담고 있으면 현실에 짜증 나는 일들이 일어난다. 그 일들 때문에 짜증이 나는 게 아니라 그저 그일들은 내 안의 분노를 드러낼 계기에 지나지 않는다는 것이다. 마음에 분노가 있는 한, 그 일이 일어나지 않았더라도 또 다른 일을 찾아 짜증을 내게 될 것이다. 그렇다면 나를 아프게 만들었다고 여긴 그 사람들조차 실은 내 안의 분노를 알아차리게 만든 사람들일 수 있다.

인생에 영향을 주는 것은 어떤 경험을 했는지가 아니라, 그 경험으로 인해 어떤 색안경을 쓰게 되었는지이다.

25

두 사람이
좋은 관계를
유지하려면

역설적이지만

얼마만큼
혼자의 시간에
충실한가

얼마만큼
두 사람 외에
풍부한 인간관계를
맺을 수 있는가

에 달려 있다

그 시절로 돌아가고 싶은 남자

그 시절을 잊고 싶은 여자

언제까지고 소년이고 싶은 남자

언제까지고 여자이고 싶은 여자

사인(시각)으로 흥분하는 남자

시그널(마음)로 흥분하는 여자

존경받고 싶어서 실패를 두려워하는 남자

사랑받고 싶어서 거절을 두려워하는 여자

물을 주지 않아 애정이라는 꽃을 시들게 만드는 남자

물을 너무 주어 애정이라는 꽃을 시들게 만드는 여자

영혼의 동반자란

나와 정반대의 기질을 지니면서

함께 시련을 극복할 감각이 움트는 사람

멀어질수록 가까이 있어주기를 바란다
이별이 다가올수록 깊은 사랑을 알게 된다
끝이 다가올수록 진짜 소중한 걸 알게 된다

심장에게 물어보라

우리의 일은 감정을 억누르며 억지로 하는 일인가
세상과 사람을 위한 신념을 지닌 일인가

우리의 생각은 바람직하지 못하고 애처로운가
바라던 대로 이루어지는가

우리의 매일은 변함없는 매일인가
사랑이 변함없는 매일인가

사소한 일에 끙끙거리며 고민하고 있는 동안에도
수명이라는 이름의 아이스크림은 매일 녹아가고 있다

혼자 있고 싶다와 너와 있고 싶다를 왔다 갔다 하는 동안
끝의 순간은 시시각각 가까워지고 있다

사랑하는 사람과 다투든 사이가 좋든
이별의 시간은 시시각각 가까워지고 있다

운이 나쁜 하루건 운이 좋은 하루건
수명은 시시각각 줄고 있다

하고 싶은 것을 하기 위해
하고 싶지 않은 것을

용기를 내어 놓아준다

변화의 시작은 **언젠가가 아니라**
각오를 결심한 순간

28

붙잡은 손도

놓아버린 손도

더 이상 다음은 없음에도

또 보자는 말에

또 보자고 답했을 때도

사랑받고 있음에

떨리는 기쁨을 느꼈을 때도

전해진 말도

삼킨 말도

추억 속에서

당신을 지우고 싶었던 때도

잊고 싶어도
잊히지 않음을 깨닫고
가까이 있고 싶어 다가갈수록
가까이 있을 수 없음을 깨닫고
나는 울었네

잃고 나서 비로소 깨닫는 게 사랑이다
괴로워도 보고픈 사람이 당신이다
찾으려고 해도 보이지 않는 게 나이다
찾지 않아도 변함없이 언제나 있는 것이 행복이다
알지 못해도 알고 있는 것이 사랑이다
알고 있어도 모르는 게 우리이다

사람은 세월 따라 변해가는 존재

싫증이 나는 게 아니라 순간순간마다 사람은 변해가기에 사람과 사람 사이는
멀어질 때가 있다. 맑았다가 흐렸다가 변해가는 중에도 변함없이 함께 한다는
건 굉장한 일이다.

29

만남에는 반드시
이별이 따라온다

그래도 만날 운명이라면
반드시 만나게 된다

결혼을 주고받는 것이
결혼반지라면

영원의 약속을 주고받는 건
뫼비우스의 띠

뫼비우스의 띠는

시작도 끝도 없는
음도 양도 없는
앞도 뒤도 없는
혹은 영원의 세상

소중한 사람은   이별은 안녕이 아닌

뫼비우스의 띠로 이어져   또 보자는 재회의 약속

정말로 되돌리고 싶었던 건
당신의 마음이 아니라
내 마음의 평안일지 모른다

정말로 용서하고 싶었던 건
상처입힌 당신이 아니라
당신에게 얽매인 내 마음일지 모른다

잃어버리고 괴로워할 만한 건
사실은 없을지 모른다

**정말로 소중한 것은
없어지지 않으므로**

실연이란 말은 있어도 실애라는 말이 없는 건

사랑은 없어지지 않고
언제나 여기에 있으니까

인간은
불가사의한 생물이다

미혼일 때는 결혼하고 싶다고 말하고
결혼하면 푸념을 늘어놓고
미혼인 채로 있으면 늦은 나이에 아이를
가질 수 있을까 싶어 불안해하기도 하고
결혼하면 자유가 없다고 아이 때문에 이혼 못한다고
속박을 느끼기도 하면서
양면성 사이를 왔다 갔다 하고 있다

하지만
지금 주어진 것을 더 자세히 찾아보면 작은
행복을 가득 발견할 수 있을지도 모른다

우리가 시간 속에서 체험하는
모든 것은 양면성 안에서 체험하는 것

차갑다가 없으면 뜨겁다를 어떻게 알겠는가
짧다가 없으면 길다를 어떻게 알겠는가
닫다가 없으면 열다를 어떻게 알겠는가

이것이 진실이라면

환상이 없으면 진실을
부자유가 없으면 자유를
두려움이 없으면 두려움 없는 상태를
어떻게 알겠는가

32

사람은 태어나기 전에 만남과 헤어짐을 모두 정하고

지구에 온다

만약 내가 소중한 것을 놓치고 있다면

떠올리게 해줘

나도 네가 자신을 놓치고 있다면

떠올리게 해줄게

이런 약속을 하고

지구에 와 있는 사람도 있다

인생에서 소중한 누군가와의 만남이 의미하는 것은

그 자체가 재회의 증거이며 이별 역시 재회의 약속이다

시공을 초월하여 소중한 사람은 하나의 실로 이어져 있다

그 궤적은 **기적**

혼자만의 시간을 싫어할수록

혼자가 되기 쉽다

연인이 필요한 때일수록

연인은 나타나지 않는다

사랑받으려고 필사적일수록

사랑받기 힘들다

바람기를 증오하는 사람일수록

바람피우는 사람과 만나기 쉽다

행복을 바라는 사람일수록

불행을 느끼기 쉽다

참으로 모순적이나 인생은

패러독스로
가득하다

왜 내게 없는 것만 눈에 보일까

누가 옆에 있었으면 좋겠다고 생각할 때는 주변에 아무도 없고, 혼자만의 시간을 즐기고 싶을 때는 주변에 사람이 가득 모이는 경험이 있지 않은가? 더 이상 연애는 싫다고 생각했을 때 소중한 인연이 나타나기도 하고, 돈이 없어서 곤란할 때는 이상하게 돈 쓸 일이 많아지는데 돈 걱정이 줄어들면 돈 벌 일이 날아들기도 한다.

사람은 심각할 때 무언가 부족함을 느낀다. 이 부족함 때문에 무언가를 바라게 되고 현재 자신의 상황과 반대의 것을 끌어당기게 되어, 자신에게 없는 것만 눈에 들어오게 된다.

마음에 여유가 생기면 문제를 문제로 심각하게 받아들이지 않게 된다. 그러면 점차 자신에게 필요한 좋은 일들이 자연스레 끌어당겨져 눈앞에 오게 된다.

그러니 필사적으로 바라기보다 마음에 여유를 찾는 게 먼저다.

상처받은 게 아니라 깨달았다.

끝난 게 아니라

원래로 되돌아왔다. _____

Chapter 2 **Myself**

34

내가 끌어당기는 현실은

내가 소망하는 것이 아니라

나의 마음의 상태이리라

소망의 이면에는 두려움이 생겨난다

소망은 음양으로 치면 음에 해당하는 잠재의식이다. 반드시 음이 존재한다는
의미다. 돈을 벌고 싶다는 소망의 이면에는 가난은 싫다는 두려움이 생겨난다.
만일 돈을 벌고 싶다는 소망보다 가난이 싫다는 두려움이 강하면 그 두려운 마
음의 상태가 반영된 현실이 당신에게로 끌어당겨진다.

두려움보다 정말로 바라는 쪽으로 마음이 향하도록 자신의 마음의 상태를 점
검할 필요가 있다.

인생에는 시작도 끝도 존재하지 않는다
시작이라고 생각하는 나와
이제 끝이라고 생각하는 내가 있을 뿐

인생에는 행복도 불행도 존재하지 않는다
행복하다고 생각하는 나와
불행하다고 생각하는 내가 있을 뿐

인생에는 과거도 미래도 존재하지 않는다
과거를 후회하는 나와
미래를 걱정하는 내가 있을 뿐

인생에는 매 순간의
무한한 지금이 있을 뿐

아무런 두려움이 없을 때가
가장 행복할지도 모른다

아무것도 바라지 않을 때의 내가
가장 풍요로울지도 모른다

아무것도 단정 짓지 않을 때의 내가
가장 직관적일지도 모른다

아무것도 기대하지 않을 때의 내가
가장 강할지도 모른다

아무 말도 하지 않을 때의 내가
가장 많은 말을 하고 있을지도 모른다

37

나를 바꾸고 싶다는
마음을 멈추었을 때
세상이 나를
바꾸기 시작한다

사랑받고 싶다는
생각을 멈추었을 때
세상이 나를
사랑하기 시작한다

바꾸려는 것이 아니라

바뀌는 것을
방해하지 않는 것

플로우 상태를 맛보다

자연의 바람에 맡긴 채 기구를 타고 있는 순간에는 바람을 느낄 수 없다. 바람의 소리도 들리지 않는다. 바람과 같은 속도로 바람과 함께 흘러가고 있기 때문이다.

마찬가지로 그저 흐름에 자신을 맡기면, 소란하던 가슴속이 잠잠해지고 자신을 바꾸고 싶다거나 사랑받고 싶다는 일조차 분명 사라질 것이다. 이를 플로우(flow) 상태라고 한다. 플로우 상태에서는 주변이 완전히 정지된 것처럼 보이기도 하고, 자신이 앞으로 걸어가면 세상이 같이 움직이는 듯한 느낌이 들기도 한다.

38

두려움이나 불안은

지금 일어나고 있는 일이 아니라

앞으로 일어날지도 모르는 일

에 대한 것

하지만 내가 있는 곳은

지금 여기

지금 순간과 친해지면

깊은 평안함을 얻을 수 있다

행복에 대해 생각하지 않는 아이가

가장 행복을 느끼듯이…

자유를 자각하다

자신이 좋아하는 것을 하며 그저 주어진 그대로 있으면 마음이 해방된다. 어린 시절에 무아지경에 빠져 놀던 일, 아무 제약 없는 가벼운 감각을 지니던 때, 자신과 싸우지 않는 느낌을 떠올려보라.

그렇다고 좋아하는 것을 무조건 해야 한다거나 있는 그대로 있기 위해 일부러 애쓸 필요는 없다. 그러한 노력이나 조절이 또 다른 제약을 만들어내기 때문이다.

지금껏 얼마나 성장해왔는지 혹은 어떤 인생을 살아왔는지와는 관계없이 제약에서 자유로워지는 건 자신이 자유롭다는 걸 자각할 수 있느냐 없느냐에 달려 있다.

새로운 만남

도움이 되는 정보

지금 여기에

있는 것을

결점을 가리는 데만

열중한 나머지

놓치고 있는

얄궂음

40

방황할 때는

어느 쪽이 편한가보다
어느 쪽이 즐거운가
로 결정할 것

어느 쪽이 옳은가보다
어느 쪽이 따뜻한가
로 결정할 것

어느 쪽이 이득인가보다
어느 쪽이 도움인가
로 결정할 것

어느 쪽이 손해인가보다

어느 쪽이 후회하지 않는가

로 결정할 것

그럼에도 망설여진다면

수십 년이 흐른 뒤에

지금을 돌아봤을 때

어떤 추억을 이야기하고 싶은지

생각해보고

각오를 다지고

지금 한 발짝

앞으로 내딛을 것

지금 막 태어난   주변을
아기처럼   둘러본다

아는 척을   모든 것이
멈추면   신선해진다

41

텅 빈 용량을 만들어본다

예전에는 즐기던 일들을 지금은 즐길 수 없게 되었다거나 예전에는 괜찮았던
일들이 지금은 괜찮지 않게 되었다면 머릿속 기억의 용량이 꽉 들어찬 상태일
지 모른다. 불안한 기억들을 휴지통에 넣어 비움으로써 텅 빈 용량을 만들어보
라. 그 빈 기억 공간에 행복과 기쁨을 받아들여라.

42

과거는 과거로 돌려보내자
미래는 미래로 돌려보내자

나는 지금을
살고 있다

지금을 산다는 건
지금과 하나가
되는 것

눈앞의 것에
몰두하는 것

지금 여기에 있다

아이는 자유롭기에 여러 가지 놀이를 창조한다. 어른은 자유롭고 싶어 놀잇거리를 찾는다. 아이는 행복하기에 매일에 충실하다. 어른은 행복해지고 싶어 매일에 충실하려고 노력한다. 아이는 울고 싶을 때 마음껏 울기 때문에 슬펐던 감정을 금세 잊어버린다. 어른은 감정을 억누른 채 계속해서 그 감정에 끌려다닌다. 아이의 행복은 '지금 여기'에 있고, 어른의 행복은 '언젠가 어딘가'에 있다.

43

단 하나의 생각이 이루어지지 않은 탓에
수많은 생각이 생겨났다

단 한마디를 하지 못한 탓에
수많은 말이 생겨났다

단 한 사람과의 만남으로 인해
수많은 이야기가 생겨났다

망설여질 때는
일단 해본다

하긴 해야 할 것 같은데
어떻게 해야 할지 고민될 때는

우선
해본다

힘들다거나 성가시다는 이유로
단지 귀찮은 상태에 있을 뿐인 경우가 많다
이득과 손해를 벗어나 보면
하는 편이 훗날 득이 되어 있을 때가 있다

처음 자전거를 탈 때 페달이 무겁고 힘들어도
계속 페달을 밟아나가다 보면 관성에 의해
편하게 앞으로 나아가게 되는 것과 같다

방황하고 있다면
우선 해볼 것

고민하고 있다면
우선 해볼 것

미련이 남는다면
우선 해볼 것

해보지 않고선 모르겠다면
우선 해볼 것

신경이 쓰인다면
우선 해볼 것

44

안 하면 안 된다고

생각하면서

안 하고 있으면

괴로움이 생긴다

안 하면 안 된다고

생각하는 나와

안 하고 있는

나와의 차이가

괴로움이 된다

하지만

바닥에 떨어진 지우개를 주울 때

'안 주우면 안 된다고' 생각하면서 줍는가?

그저 한다

무언가를 해야 한다고 생각하는 동시에 하기 싫다는 선택지가 생겨난다. 예를 들어 청소를 해야 한다고 생각하는 동시에 청소하기 귀찮다는 선택지가 생겨나 생각 안에서 갈등이 시작된다.

우리 안에는 편안히 지내고 싶고 게으름을 피우고 싶은 성질이 있기에 의욕이 일 때까지 기다린다고 해서 의욕이 솟아나지는 않는다.

해야 한다가 아니라 그저 한다, 청소를 해야 한다가 아니라 그저 청소를 한다가 되어야 한다. 손발을 움직여 일단 일을 시작해야 뇌의 측좌핵이 자극되면서 의욕을 일으키는 물질인 도파민이 분출되어 그 일을 할 수 있게 된다. 할지 말지 생각하기 이전에 일단 움직여 일을 시작해야 한다.

45

부족한 것에만 시선을 주면 불안이 생긴다

충분한 것에 시선을 주면 **감사**가 생겨나
행복한 마음이 든다

잘 풀리지 않아서 짜증이 나는 게 아니라
짜증을 내니까 잘 풀리지 않는 걸지도 모른다

진정한 감사라는 건 **특별할 것 없는**
평범한 일상이 감사하게 느껴지는 것

내 말을 제일 잘 들어주는 건 나

어떤 사람의 단점을 보느냐 장점을 보느냐에 따라 그 사람의 관계가 달라진다. 타인의 결정에 따르느냐 스스로 정해가느냐에 따라 자신에 대한 신뢰도가 달라진다. 타인의 반응을 기다리느냐 스스로 행동을 일으키느냐에 따라 결과가 달라진다. 바꿀 수 없는 것에 얽매이느냐 바꿀 수 있는 것에 몰두하느냐에 따라 미래가 달라진다.

나의 말과 생각을 가장 잘 들어주는 것은 나 자신이다. 나를 긴장시키는 말을 사용하기보다 나를 편안하게 하는 말을 사용하는 편이 좋은 결과를 이끌어내는 데 보다 도움이 될 것이다.

46

지금을
온전히 받아들인다는 건
응답이 없는 게 대답이다
라는 걸 인정하는 것

답이 없는 게 답이다
라는 걸 깨닫는 것

나를 사랑한다는 건
지금에 저항하지 않는 것

있는 그대로의 모습을 긍정적으로 받아들인다

최선을 다해도 일이 잘 풀리지 않을 때는 그러한 현실 자체가 문제의 답인 경우가 있다. 잘 풀리지 않는, 즉 무언가 잘못되었음을 알려주는 것인 셈이다. 이와 같은 때 나는 안 된다고 생각하기보다 지금의 현실조차 내게 도움이 되고 있다고 긍정적으로 받아들이는 것이 중요하다. 어떠한 현실에 처하여 있든 그대로의 자신을 긍정적으로 받아들이는 사람만이 운명을 자신의 편으로 만들 수 있다.

바라면 바랄수록 멀어져간다
왜냐하면 내가 바람 그 자체이므로

지금 눈앞에 펼쳐지는 것이 돈 이상의
미래에 바라던 그 이상의 보물이다

우리가 눈앞의 것을
깨닫지 못하는 이유는

너무나도 가까이 있어
너무나도 전체를 뒤덮어
너무나도 변함없이

여기에 있기 때문이다

진정으로 바라는 것은 이미 나에게 있다

우리는 늘 반대를 향하고 있다. 있는데도 없는 척을 하며 없다는 것에 괴로워한다. 내가 가진 것을 찾을수록, 행복을 찾을수록 내게 주어진 것이 무엇인지 행복이 무엇인지 모르겠는 건 왜일까? 내가 진정으로 바라는 것은 이미 나에게 주어져 있기 때문이다.

문득
느껴지는

끌림

그저 마음 가는 대로

하는 편이

좋은 결과로 이어지는

경우가 많다

두근두근하는

열정으로 향하면

자연스레 무엇이든

할 수 있게 된다

너무 안 풀릴 때
너무 초조할 때
너무 긴장할 때
너무 의욕만 앞설 때
너무 애쓰게 될 때는

조금 느슨하게
지금 이 순간의
흐름을 느껴볼 것

중요한 건
과거도 아니고 미래도 아니고
한 호흡 한 호흡
지금 이 순간

왜 키스할 때
눈을 감는가?

왜 눈물을 흘릴 때
눈을 감는가?

왜 기도할 때
눈을 감는가?

인생에서
가장 아름다운 건

눈에 보이는
것이 아니라

눈에 보이지 않는
지금 순간에 있으니까

소중한 건 눈에 보이지 않는다

현대인은 눈에 보이는 것들, 이를테면 효율성, 편의성, 학력, 경력 등을 중요시하는 나머지 눈에 보이지 않는 것들은 놓치고 있을지 모른다. 보기 좋은 채소로 만들기 위해 농약을 뿌려 키워내고, 눈에 보이는 상처만을 치료할 뿐 병을 만들어낸 마음은 치료할 생각을 하지 않는다.

생텍쥐페리의 소설 《어린 왕자》에 이런 구절이 있다.

"소중한 건 눈에 보이지 않아."

공기, 마음, 따뜻한 배려, 의식, 생명, 영혼, 사랑 등은 눈에 보이지 않는다. 키스를 할 때, 명상이나 기도를 할 때, 잠잘 때 항상 눈을 감는 것은 그 순간 '눈에 보이지 않는 소중한 것'과 이어지기 때문일지도 모른다.

51

왜 여태 깨닫지 못했을까

유일하게 변하지 않는 건
모든 것이 변해간다는 사실임을

인생이 끝나기 직전 언젠가
이 순간을 떠올릴 거라고 생각하니
까닭없이 지금의 모든 것이 사랑스럽다

또 다음이 있다고 생각할 때는
눈앞의 중요한 것을 보지 못한다

이 사람을 만날 수 있는 것도
오늘로 끝일지 모른다고

생각하면

오늘 이 순간도
다음이 없다
라고 생각하면

어제는
알지 못한
중요한 것이
보인다

언제든 할 수 있는 일은 **언젠가는 못하게 된다**

언제든 볼 수 있는 풍경은 **언젠가는 볼 수 없게 된다**

언제든 함께 하는 사람은 **언젠가는 함께 할 수 없게 된다**

하지만 언젠가 못하게 되는 일을
지금은 할 수 있다

언젠가 볼 수 없게 될 풍경을
지금은 보러 갈 수 있다

언젠가 함께 하지 못하게 될 사람이
지금은 옆에 있다

그러니 더욱 단순하게
지금을 살아가자

미래를 걱정하며 불안을
만드는 짓은 그만하자

지금껏 가 본 적 없는 길을 걸어가자
어린 시절의 반짝이는 눈을 되찾자
후회가 없도록 매일을 살아가자

언젠가 만나지 못하게 될 사람을 지금은 만날 수 있다

앞으로 몇 번이나 더 벚꽃을 볼 수 있을까. 앞으로 몇 명이나 더 좋아하는 사람을 만날 수 있을까. 불꽃놀이를 보거나 아름다운 자연의 모습을 보고 있으면 자주 이런 생각이 떠오른다.

만일 인생에 남은 시간이 반년밖에 없다면 당신은 무엇을 할 것인가? 가까운 사람에게 의미 있는 선물을 하거나 줄곧 만나지 못했던 이들을 만나러 가거나 하고 싶었던 일을 주저 없이 실행할지도 모르겠다.

언젠가 만나지 못하게 될 사람을 지금은 만날 수 있다. 그 언젠가의 내가 타임머신을 타고 지금 순간으로 시간여행을 온 듯이 현재를 살아가자. 그러면 인생은 분명 보다 즐겁고 드라마틱해질 것이다.

돈이 있건 없건

지금 이 순간 조금도 부족함 없다

일이 있건 없건

지금 이 순간 조금도 부족함 없다

53

모두에게 사랑받건 미움받건

지금 이 순간 조금도 부족함 없다

사람을 사랑하건 미워하건

지금 이 순간 조금도 부족함 없다

깨닫건 방황하건

지금 이 순간 조금도 부족함 없다

무언가가 부족하다는 생각도

지금 이 순간 조금도 부족함 없다

완전하지 않다는 생각조차

지금 이 순간에 완전히 존재하고 있다

조금도 부족함 없다

인생이 영화라면, 당신의 인생은 어떤 장르의 영화인가? 행복한 영화? 불행한 영화? 멜로영화? 전쟁영화?

영화는 좋고 싫음의 구분 없이, 그저 영상이 나왔다가 사라져간다. 전쟁영화 속 전쟁은 그저 영상에 존재할 뿐 실제로 전쟁이 일어나고 있는 게 아니다. 사람을 사랑하는 내용의 영화이건 증오하는 내용의 영화이건 그저 영화 속 이야기일 뿐 실제로는 아무 일도 일어나지 않는다.

우리의 인생도 마찬가지가 아닐까. 지금 이 순간, 사실은 조금도 부족함 없다.

54

시간이 없어서 돈이 없어서 아는 게 없어서
부모가 인정해주지 않아서 경험이 풍부하지 않아서

머리로 생각하면
얼마든지 못하는 이유를 찾을 수 있지만
그 어떤 이유도
진짜 이유가 아닐지 모른다

하고 싶은 것을 못하는 진짜 이유는
시간도 아니고 돈도 아니고
지식도 아니고 부모 탓도 아니다

그저 그렇게
믿고 있기 때문이다

저마다의 상황 속에서
못하는 이유를 만들어내고 있는
것에 지나지 않는다

남을 탓하고 과거를 탓하며
하고 싶지 않은 것을 계속 할 바에야

태도를 바꾸어
하고 싶은 것을 하면 된다

미래를 걱정하며 지금을 불안하게 살 바에야

태도를 바꾸어
지금을 즐기면 된다

정답이나 해답을 찾는 습관은 멈추고

좋아하는 것을 찾는 습관과

즐거운 것을 찾는 습관을 익히면

인생은 크게 변한다

지금이라면 분명 할 수 있는데
지금은 다시 시작할 수 없는 것뿐이네

지금이라면 분명 전할 수 있는데
지금은 가 닿지 않는 것뿐이네

지금이라면 분명 서로를 이해할 수 있는데
지금은 서로 이해하지 못하는 것뿐이네

왜 인생은 잃어보지 않으면
소중한 것을
깨닫지 못할까

인생을 다시 시작하고 싶은 마음이야 셀 수 없이 많지만

그래도

다시 시작할 수 없는 과거가 있기에

미래를 다시 시작하고자 앞을 향한다

이제 돌아갈 수 없다고 생각하면

슬퍼지지만

이제 뒤돌아보지 않는다고 생각하면

아주 조금 마음이 강해진다

과거의 상처가 깊을수록

미래를 느끼는 힘 또한 커지고

바꿀 수 없는

과거를 받아들일 때

바꿀 수 있는

미래가 바뀌기 시작한다

아무리 상처투성이가 되고

괴로워해도

그때마다

문은 열린다

나머지는

용기를 내어

문 쪽으로

걸어나가는 것뿐

56

만약 시한부 선고를 받아
남은 시간이 반년밖에 없다면

그럼에도
출세하고 싶다
차가 필요하다
내 집이 있었으면 좋겠다
가 될까?

아마도
소중한 사람과의 시간이 더 필요하다
소중한 사람의 웃는 얼굴이 보고 싶다
가 되지 않을까?

이치나 걱정거리에 시간을 허비하지 않고
경험해보고 싶었던 일에
남은 시간을 사용하지 않을까?

상처받지 않는 길을 따라가지 않고
나답게 살아가지 않을까?

인터넷이나 비판에 마음을 빼앗기기보다
지금 이 순간을 열심히 음미하며 살지 않을까?

자신을 보호하며 대화하는 게 아니라
두 번 다시 만나지 못할 거라는 생각으로
솔직하게 마음을 전할 수 있지 않을까?

죽음은 멀리 있는 것이고

평생 살아갈 수 있다고 생각하기에

불만이 생겨나는 게 아닐까?

하지만
지금 이 순간은 두 번 다시
이제 두 번 다시
오지 않는다

똑같은 나는
절대 있을 수 없다

단 한 번뿐인 나이며
단 한 번뿐인 당신이다

이 사실을 머리가 아닌 심장으로 이해할 때
마음 깊은 곳에서 새로운 에너지가 흐르기 시작한다
자신을 초월한 무언가가 넘쳐나기 시작한다

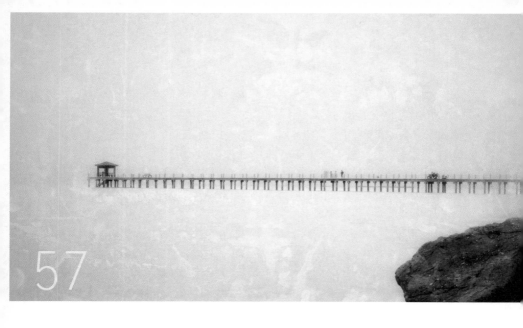

57

내가 죽은 후에도

남겨둘 수 있는 소중한 추억은

얼마만큼 편안했는가보다

얼마만큼 즐겼는가

얼마만큼 쌓아올렸는가보다

얼마만큼 깨달았는가

얼마만큼 돈을 벌었는가보다

얼마만큼 돈을 통해 감동했는가

얼마만큼 생각대로 되었는가보다

얼마만큼 생각대로 되지 않는 것을 통해 배웠는가

얼마만큼 오랫동안 함께 했는가보다도

얼마만큼 마음을 담아 살았는가

얼마만큼 이해받았는가보다

얼마만큼 이해했는가

58

마음이 피곤할 때는　　　　맑고 푸른 하늘은 마치
하늘을 올려다보자　　　　당신의 부드러운 마음 같다

마음이 괴로울 때는　　　　펼쳐진 푸른 바다는
바다를 보러 가자　　　　마치 당신의 넓은 마음 같다

더러워지면

씻어서 지워내면 된다

찢어지면

꿰매면 된다

똑같은 일상의 반복에

공허함과 쓸쓸함을 느낄 때가 있을지도 모른다

위에서 내려다보면

똑같은 곳을 빙글빙글 도는 것처럼 보일지라도

조금 떨어져 옆에서 보면

나선형 계단을 조금씩 올라가고 있다

스무 살은
스무 살이라는
초보자이고

마흔 살은
마흔 살이라는
초보자이며

여든 살은
여든 살이라는
초보자이다

고민은
과거에서
오고

불안은
미래에서
오며

행복은
지금 여기에

있다

문제에서 빠져나오는

마음의 핵심은

문제의　　밖 에　있 다. _____

Chapter 3 Life

61

싫다
고 말하는 건
나다움을

그리고
상대와의 다름을
분명하게 표현하는 것이며

열정의 불꽃을

꺼지지 않게 하는 것

싫다고

말할 수 있기에

진정으로

좋다고 말할 수 있다

경계를 긋다

근무태도가 불성실한 직장 동료가 있다고 치자. 나는 그 사람이 신경이 쓰여 견딜 수 없다. 여기서 한 가지 깨달았으면 하는 점은, 근무태도가 불성실한 것은 그 사람의 문제이고, 근무태도가 불성실한 동료를 신경 쓰는 것은 나의 문제라는 것이다.

누군가가 직접적으로 나에게 짜증 나는 일이나 걱정할 만한 일을 하거나 말을 했다고 할 때 그 일이나 말에 대한 책임은 상대방의 것이고, 이에 대해 그 사람을 공격적으로 대하거나 하고 싶은 말을 전하지 못해서 몇날 며칠 꽁하게 있는 것은 나의 문제다.

나의 문제는 나에게 끌어당기고, 상대의 문제는 상대에게 돌려줘야 한다. 그래야 나와 상대방 사이에 건전한 경계를 그을 수 있다.

공감할 수 있는

따뜻한 말과

62

비수를 꽂는

차가운 말이 있다

공감은 나와 비슷한 가치관이나
경험을 바탕으로 이루어지기에

공감할 수 있는 말이란
본래 내 안에 있는 것이다

그래서 사실은
공감할 수 없는 말이나
비수를 꽂는 말이야말로

그 안에
나를 넓히는 힌트가
숨어 있을지 모른다

63

그 사람의 말이 거칠게 느껴지는 건
그만큼 내가 무르기 때문이다

그 사람에게 배신을 당했다고 느껴지는 건
그만큼 내가 기대하고 있었기 때문이다

그 사람에게 불만이 많은 건
그만큼 내가 고마움을 잊고 있었기 때문이다

인생은 생각대로 되지 않는다
때문에 내가 성장하는 것이다

내가 나를 상처주지 않는 한
아무도 나에게 **상처를 줄 수 없다**

내가 나를 사랑하지 않는 한
아무도 나를 **사랑할 수 없다**

64

내가 나를 학대하지 않는 한
아무도 나를 **괴롭힐 수 없다**

내가 나를 인정하지 않는 한
아무도 나를 **인정할 수 없다**

나의 마음속 세계가
현실에 비친다

나의 눈으로 받아들인 빛은
나의 뇌로 전달되어
마음속에서 이미지화된다

진정한 의미로 **부드러워진다**는 것은

부드러운 말만 하는 것을 의미하는 게 아니라

좋다 나쁘다를 가르는 기준이 사라지는 것

정말로 **강한 사람**이란 약점을 극복하는 사람이 아니라

약점을 신경 쓰지 않는 사람

66

종이 한 장을 두고
내가 종이 단면을 앞면이라고 했을 때
동시에 뒷면이 생겨났다

내가 탄생했을 때
동시에 죽음이 생겨났다

내가 무언가를 아름답다고 생각했을 때
동시에 추하다는 생각이
머릿속에 생겨났다

만약 세상에 남성이 없다면
자신이 여성인지 알 수 없다

선함과 악함　　　강함과 약함　　　높고 낮음

승리와 패배　　　만남과 이별

이것들은 별개가 아니라

본래 하나이자

동시에 존재한다

추위를 경험한 사람이 햇볕의 따스함을 알고

허기를 경험한 사람이 밥 한 공기의 참맛을 알고

질병을 경험한 사람이 건강에 대한 고마움을 안다

자신의 약점을 받아들이면

타인의 약점을 받아들일 수 있는

장점이 있음을 깨닫는다

장점만을 내세울수록

오히려 약해지고

약점과 장점을 전부 껴안을수록

내재된 **장점**을 발견한다

나를 사랑한다는 건

67

못난 나를 먼저 받아들이는 것이다
나를 탓하고 있으면 중요한 것이 보이지 않는다

못났다고 생각되는 숨기고 싶은 부분에 매력이 있다
그 매력과 빛은 언제나 내가 껴안은 어둠 속에 숨어 있다

가짜 긍정을 멈추다

가짜 긍정이란 사실은 조금도 안 괜찮은데 그런 모습을 숨겨가며 무리하게 좋은 사람인 척, 긍정적인 사람인 척 연기하는 것을 뜻한다. 못난 나, 감정적인 나, 약한 나를 인정하면 가짜 긍정을 멈출 수 있다.

내면의 부정적인 감정을 마주하고 그 감정 또한 자신의 것임을 인정한다면 더는 가짜 긍정이 필요하지 않게 된다. 우리는 누구나 따뜻함과 차가움, 추함과 아름다움, 나태함과 근면함 등 상반되는 것들을 동시에 안고 살아간다.

68

상대의 기분이 안 좋으면

자기 탓이라고

느끼는

마음습관을

내려놓을 것

생각을
조절하려고 하면
생각에
조절당한다

생각을 무시하면
생각에 영향을 받는다

생각을 인정하면
영향을 받지 않는다

싫어해서는 안 된다

분노해서는 안 된다

…라고 생각할수록

미움이나 분노가

계속 내 안에 있는 건

왜일까?

반대로

싫어해도 된다

분노해도 된다

　　　　　　　…라고 인정하면

미움이나 분노가

사라지는 건

왜일까?

'용서할 수 없다'를 끝내는 방법

신기하게도, 용서할 수 없다는 것을 완전히 인정하면 '용서할 수 없다'가 끝이
난다. '화내면 안 된다'고 생각하지 않고 '화내도 된다'고 인정하면 이상하게 '분
노'가 사라진다.

부정적인 감정을 어떻게든   어떻게든
하는 제일의 방법은   하려고 하지 않는 것

집착해서는 안 된다며   마지막까지
집착하기보다는   감정을 온전히 음미할 것

감정이 되어 보다

슬프다, 외롭다, 허무하다는 감정이 일 때 우리는 무의식중에 이러한 감정들을 다스리거나 어떻게든 하려고 한다. 이는 마치 부모가 아이의 행동을 어떻게든 통제하려고 하는 것과 비슷하다. 부모에게 구제불능이라고 부정당한다면 아이는 어떤 기분이 들까. 아이의 상황은 더욱 악화될지도 모른다. 마찬가지로 우리가 우리의 감정을 통제하려고 할수록 우리는 더 슬프고 외로워질 수밖에 없다. 그렇다면 부정적인 감정의 입장에서 생각해보면 어떨까. 아마 당신은 그러한 부정적인 감정들이 어떻게 해주길 바라고 있는 것이 아니라 그저 그 감정을 알아주기만 바랐을 뿐임을 이해하게 될 것이다. 당신이 그러한 감정들을 알아준 순간, 신기하게도 당신 안에서 무언가가 빠져나가 마음이 가벼워지는 것을 실감할 수 있을 것이다.

부정적인 감정을 다스리려고 하거나 미워할 것이 아니라 그 감정의 입장이 되어보는 것, 생각에 집착하기보다 생각의 끝까지 온전히 음미하는 것, 집착해서는 안 된다고 집착하기보다 마지막까지 집착하는 것을 인정하는 것. 이렇게만 해도 틀림없이 무언가 변화가 시작될 것이다.

감정은 부정하고 없애려고 할수록
점점 강해진다

긴장이나 불안으로부터 도망치기 때문에
긴장이나 불안이 쫓아온다

긴장이나 불안으로부터 도망치지 않으면
긴장이나 불안은 남지만
더 이상의 감정소모는 일어나지 않기에
자연스레 긴장이 풀리고 안도감이 깃든다

안도하고 싶은
내가 사라져야
안도할 수 있다

바꿀 수

없는 부분을

(부모, 과거의 나)

받아들였을 때

바꿀 수

있는 부분이

(미래의 나)

바뀌기 시작한다

74

머리가 아플 때

나는 무엇에 저항하고 있는가

를 물어본다

허리가 아플 때

나는 무엇에 화를 내고 있는가

를 물어본다

위가 아플 때

나는 무엇을 납득하지 못하고 있는가

를 물어본다

마음에 병이 생겼을 때

나는 무엇을 참아왔는가

를 물어본다

설사가 났을 때
나는 무엇이 불안한가
를 물어본다

피부에 문제가 생겼을 때
나는 무엇이 안 맞는가
를 물어본다

사실은 다정하게 대해줬으면 좋겠다
사실은 이것을 하고 싶다
는 자신의 본심을 무시하고 있음을 알리기 위해
몸은 병을 만들어낼 때가 있다

몸은 언제나 감춰온
본심을 말하고 있다

성격습관이 병을 만들어낸다

미래에 대해 지나치게 걱정하거나 불만을 감추고 있으면 간에 문제가 생긴다. 현재의 상황이나 사람을 받아들이지 못하면 위에 문제가 생긴다. 제대로 자신의 생각을 표현하지 못하거나 말실수로 인해 오해가 생기면 목 상태가 나빠진다. 자신을 탓하거나 내면의 슬픔을 모른 체하면 폐에 문제가 생긴다. 착한 사람 역할을 자처하거나 가까운 사람에 대한 증오를 쌓아나가면 우울에 빠진다. 필요 이상으로 의심하거나 사회나 사람을 혐오하면 알레르기가 일어난다. 그러고 보면 병은 생활습관보다 성격습관으로 인한 것일지 모르겠다. 물론 예외가 있지만 말이다.

마음을 움직이고 싶다면

몸을 움직여라

마음을 정리하고 싶다면

호흡을 정리하고 방을 정돈해라

대부분 스트레스는

머릿속에서 자신 이외의 영역을

간섭하려고 할 때 발생한다

타인의 영역에

발을 들여놓고 있음을 깨달았다면

몸을 움직이고 방을 정리하는 것만으로도

자신을 되돌릴 수 있다

잃어버려도

여전히 좋아하는 것이

정말로

좋아하는 것일지 모른다

손에 넣어도

여전히 좋아하는 것이

진정으로

사랑하고 있는 것일지 모른다

미래를 좇느라

줄곧 찾고 있는 것을 계속 피하고 있다

그리고

계속 피하고 있는 것을

사실은 찾고 있다

미래를 좇는 일에 지칠 대로 지쳐
지금 여기에 있는 깨달음과 사랑을 놓친다

행복의 정체

어떤 것을 가지면 지금보다 행복해질지 모른다거나 지금이 아니라 미래에는 행복이 기다리고 있을지 모른다고 생각해왔으나, 실은 우리가 계속해서 찾고 있는 행복은 우리가 계속해서 피해왔던 현실에 있다. 그럼에도 우리는 현실에 있는 행복은 피하면서 다른 곳에는 있지 않은 행복을 찾아헤맨다.

무언가를 하지 않으면 만족을 얻을 수 없고 안도할 수 없다고 믿고 있지만, 만족과 안도는 사실 아무것도 하지 않아도 좋은 상태에서 느낄 수 있지 않을까.

안도하기 위해 일부러 편안한 환경을 만들어 잠시 안도하면서도 또다시 안도하기 위한 다른 무언가를 찾고 있지는 않은가?

아무것도 하지 않아도 좋은, 지금 상태 그대로가 행복의 진짜 정체이다.

부족하다고 믿은 현실이
풍족한 현실이었음을
깨달을 때

현실이라는 말을
반대로 하면
실현이 되는 것처럼

세상이
뒤집힌다

찾고 있던 사랑이
이미 실현되었음을
알게 된다

돈으로 행복해지려고 하면

돈으로 불행해지고

결혼으로 행복해지려고 하면

결혼으로 불행해지고

종교로 행복해지려고 하면
종교로 불행해진다

무엇이 있어서 행복하다는 것은
무엇이 없어지면 불행하다로 바뀐다

행복한 사람은
조건이나 환경이 좋지 않아도
행복을 발견한다

불행한 사람은
조건이나 환경이 좋아도
불행을 발견한다

편한 길을 택하면

보이는 풍경이 언제나 같다

80

즐거운 길을 택하면

보이는 풍경이 언제나 변한다

타인에게 기대하면

조바심이 나는 쪽으로 흐른다

나에게 기대하면
설레는 쪽으로 끌린다

못한다고 생각하면
미래는 어두운 쪽으로 흐른다
나를 위해 한다고 생각하면
미래는 밝은 쪽으로 흐른다

할 수 없다고 생각하면
한계가 만들어진다
할 수 있다고 생각하면
가능성이 만들어진다

불만만 헤아리면
발목을 잡는 사람이 된다
감사만 헤아리면
손을 끌어당기는 사람이 된다

받아들이는 방식이 생각을 바꾼다

불행한 사람은 다른 사람을 바꾸려고 하지만, 행복한 사람은 자신의 행동이나 받아들이는 방식을 바꾸려고 한다. 귀찮은 일을 뒤로 미루면 더 귀찮은 일이 되어 돌아오지만, 귀찮은 일을 귀찮아하지 않고 바로 처리해버리면 귀찮음이 사라진다. 자신만을 위하고자 하면 결국 아무것도 할 수 없게 되지만, 다른 이들을 위하고자 하면 결국 그 일들이 자신에게도 도움이 되어 그 어떤 일도 할 수 있게 된다. 세상이 어둡다고 불만만 말할 바에야 직접 세상을 밝힐 불을 지피면 된다. 할 수 없다고 끙끙거릴 바에야 가능한 것부터 시작하면 된다.

81

생각이
현실을

만들어내고 있다

연인이 있었으면 좋겠다는 생각이

연인을 원하는 현실을

만들어내고 있다

경제적으로 여유롭고 싶다는 생각이
경제적으로 여유롭고 싶어 하는
현실(돈 때문에 곤란하고 불안한 현실)
을 만들어내고 있다

아무래도
좋은 일이 일어나서
행복해지는 게 아니라

행복을 느끼고 있기에
좋은 일이 덤으로
따라오는 모양이다

82

인생의 질은
다섯 가지로 결정된다

매일 어울리는 친구의 질
매일 먹는 음식의 질
매일 하는 습관의 질
매일 서로 나누어가지는 것의 질
매일 수면의 질

생각대로 하고 싶다는
희망사항이

희망사항을 이룸으로써
자유로워지는 게 아니라

생각대로 되지 않는
현실을 만들고 있다

희망하지 않은 부분에
자유가 있다

욕구가 착각을 만들어낸다

우리는 무언가를 '얻을' 때 언제나 순간만 만족한다. 그것으로 충분하다고 생각하지 않는 것이다. '좀더 좋아지고 싶다'며 행복을 찾는 것은 이미 바닷속에 있으면서 바다를 찾고 있는 것과 비슷하다. 우리는 한 번도 행복에서 멀어진 적이 없는데도 필사적으로 행복을 찾고 있는 것이다.

이미 집 안에서 편안하게 지내고 있는 사람이 '빨리 집에 가고 싶다'는 욕구가 솟을까? 이미 집 안에 있으니 보통은 이런 생각을 하지 않아야 한다. 하지만 우리는 이미 사랑의 집에 있으면서도 사랑의 집에 가고 싶어 한다.

지금 사랑받지 못하고 있기에 사랑받고 싶다고 착각하기 쉽지만 실제로는 그 반대이다. 사랑받고 싶다는 생각이 사랑받지 못하고 있는 현실(착각)을 만들고 있다. 머리로는 지금은 행복하지 않기 때문에 행복해지고 싶은 욕구가 든다고 생각하지만, 실제로는 '행복해지고 싶다'는 생각이 '행복하지 않은' 현실을 만들어내고 있는 것에 지나지 않는다.

84

사랑받고 싶어 하는 사람은
실은 사랑받는 것이 두려운 사람

돈을 원하는 사람은
실은 돈이 두려운 사람

사랑받고 싶다의 이면에는
사랑받고 있지 않다는 결핍이 있고

그 밑바탕에는
사랑받는 것이 두렵다는
저항이 숨어 있다

뛰어들어보다

무의식중에 자신은 사랑받을 가치가 없다고 여기는 사람은, 의식적으로는 누군가에게 사랑받고 싶은 생각이 있어도, 실제로는 다른 이로부터 사랑을 받으면 마음이 술렁이게 된다. 심지어는 스스로 병을 만들어내면서까지 사랑받기를 저항하며 자신을 사랑해주는 이를 멀리한다. 그 사람에게는 사랑받지 않는 것이 일상이며, 사랑받는 것이 비일상이기 때문이다.

누군가에게 멋있다는 칭찬을 들었을 때도 마찬가지로, 마음이 술렁이며 '내가 멋있을 리 없다, 저 사람은 뭔가 속셈이 있는 게 아닐까?' 하는 의심을 갖는다.

이러한 자신을 바꾸고 싶다면, 우선 자기 자신을 대하는 방식부터 바꿔야 한다. 더는 주저하지 말고 '사랑'에 뛰어들어보면 인생의 무대가 바뀌고 등장인물 또한 자연스레 바뀌어간다.

85

고민은 결국

추억이 되고

상처는 결국

깨달음이 되고

눈물은 결국

경험이 되고

만남은 결국

인연이 되고

자식을 키우는 것은 결국
나를 키우는 것이 되고

고생은 결국
감사가 되고

시련은 결국
보물이 되고

슬픔은 결국
사랑으로 되돌아간다

사랑에 배반당하면 거식하게 되고
사랑에 굶주리면 과식하게 된다

과거에 집착하면 물건을 버리지 못하게 되고
미래에 불안을 느끼면 쓸데없는 물건을 사들이게 된다

우리 모두가 바라고 있는 건
타인에게 인정받는 것
사랑받는 것

그러나 정말로 마음 깊은 곳에서 바라는 건
나를 자각하지 못할 정도로
나를 사랑하는 것

사실은 결혼 못하는 게 아니라

결혼 안 하고 싶은 걸지도 모른다

왜냐하면

자유로운 시간을 뺏기니까

사실은 독립 못하는 게 아니라

독립 안 하고 싶은 걸지도 모른다

왜냐하면

실패하고 싶지 않으니까

사실은 만남이 없는 게 아니라

만나고 싶지 않은 걸지도 모른다

왜냐하면

남을 신경 쓰는 일이 귀찮으니까

사실은 이혼 못하는 게 아니라

이혼 안 하고 싶은 걸지도 모른다

왜냐하면

혼자 먹고살지 않으면 안 되니까

사실은 남 앞에서 말을 못하는 게 아니라

남 앞에서 말을 안 하고 싶은 걸지도 모른다

왜냐하면

눈에 띄고 싶지 않으니까

창피당하고 싶지 않으니까

사실은 바꾸지 못하는 게 아니라

바꾸고 싶지 않은 걸지도 모른다

왜냐하면

이대로 있는 게 편하니까

못하는 게 아니라 안 할 뿐

"하고 싶은 게 뭔지 모르겠다."고 말하는 사람들이 있다. 하지만 그런 사람들조차 이미 자신이 하고 싶은 일을 하고 있다. 우리는 현재에 만족하지 못하고 앞으로는 무엇이 되고 싶다고 바라지만, 지금 순간에도 장점이 있다는 것을 알게 된다면 자신이 이미 하고 싶은 일을 하고 있다는 것을 깨닫게 될 것이다.

예를 들어 '일을 그만두고 싶은데 그만둘 수 없다'고 생각한다고 하자. 의식적으로는 일을 '그만두고 싶다, 자유로운 시간을 갖고 싶다'고 생각하겠지만, 무의식적으로는 '일을 계속 다녀야 한다, 돈을 벌어야 하고, 직장이 있어야 안전하다'고 생각할 수 있다.

다시 말해 우리는 이미 하고 싶은 것을 하고 있다. 못하는 게 아니라 단지 '안 하는' 쪽을 선택했을 뿐이다.

하고 싶지 않은 것을 멈추면 **시야가 열리고**

하고 싶은 것을 시작하면 **세상이 열린다**

지금 이 순간에 살면 **시야가 열리고**

타인에게 도움이 되면 **세상이 열린다**

최하의 자신을 허락하면 **시야가 열리고**

최고의 자신을 살면 **세상이 열린다**

88

89

세상은
역설로 가득하다

나를 보호하려고 하지 않으면
안전해지고

나를 보호하려고 할수록
적을 만든다

지금에 있으려고 할수록
지금으로부터 멀어지고

지금을 내려놓을수록
지금에 있을 수 있다

행복에 대해 생각할수록

행복은 멀어지고

행복을 까맣게 잊고 뛰노는

아이와 같이 천진난만하면

행복을 느낄 수 있다

낯을 가리지 않는
개그맨을
본 적이 없다

마음속 어둠에 삼켜진 적 없는
심리상담사를
본 적이 없다

실패를 경험하지 않고
성공한 사람을
본 적이 없다

동심을 잃어버린
창의적인 어른을
본 적이 없다

부정적인 경험이 없는
긍정적인 사람을
본 적이 없다

실패하기에
실패하지 않는 방법을
알게 되고

낯을 가리기에 분위기 파악을 하게 되고

아파봤기에 아픈 사람의 마음을 이해하게 되고

동심을 지녔기에 창의적인 어른이 될 수 있다

문제를 문제로 받아들이는 것이 문제

나는 상담가로서 종종 아이 문제로 부모 상담을 하는데, 아이의 문제가 정말로 문제인지에 대해 의아스러울 때가 많다. 오히려 그 문제를 심각하게 받아들이는, 웃음기 없는 부모의 태도가 진짜 문제라고 느낄 때도 있다.

이럴 때 나는 그 부모에게 아이의 문제를 문제로 받아들이기보다 하나의 재능으로 받아들이도록 조언을 건넨다. 문제 또는 결점으로 여겨지는 것을 자세히 보면 그 주변에 아이의 재능이나 장점이 될 만한 특징들이 숨어 있기 때문이다. 예를 들어 부모가 생각하는 아이의 문제가 '쉽게 상처받는다'라면, '상처받는 재능, 즉 감성이 풍부하다'로 바꾸어보는 것이다. 또 아이의 문제가 '게으름을 피운다'는 것이라면 '한숨 돌리기를 잘 한다'고 칭찬하는 것이다.

문제로 받아들였기 때문에 문제가 되는 것이고, 문제로 만들어 더 큰 문제로 키워내는 것이다.

괴로운 건

과거에 얽매여 있기 때문이다

91

불안한 건
미래에 얽매여 있기 때문이다

불행한 건
인생의 해독이 일어나고 있기 때문이다

자유로운 건
고집스러운 신념을 버렸기 때문이다

기회가 오는 건
지금까지 쌓아올렸기 때문이다

걱정 없는 건
극복할 수 있는 시련밖에 안 일어나기 때문이다

호흡하는 것만으로도 눈물이 나는 건
미지의 것에 마음을 열고 있기 때문이다

에너지가 솟아나는 건
기쁨을 살고 있기 때문이다

행복한 기분이 드는 건
지금에 감사하고 있기 때문이다

모든 것을 손에 넣을 수 있는 건
모든 것을 내려놓았기 때문이다

92

의식이
눈을 떴을 때

인생에서
무엇을 하고
싶은가보다

인생이
나에게
무엇을
시키려고
하는가
를 깨닫는다

인생이 시키려고 하는 것

의식이 눈뜨면, 내가 스스로 무엇을 하고 있는 것이 아니라, 그 무엇이 나를 움직이고 있음을 깨닫게 된다. 인생이 나를 통해 무엇을 하려고 하는지, 나에게 무엇을 시키려고 하는지 큰 흐름을 깨닫게 되는 것이다.

하지만 우리는 대부분 인생이 나에게 무엇을 시키려고 하는지 의식하지 않는다. 그래서 우리는 무엇을 하고 싶어 하는 자신의 생각과 인생이 자신에게 시키려고 하는 것 사이에 차이가 생길 때 고민하고 갈등하게 된다.

성공을 꿈꾸는 것보다 중요한 건 인생이 나에게 무엇을 시키려고 하는지, 들리지 않는 그 소리에 귀를 기울이는 것이다. 인생이 나에게 시키려고 하는 그 일에 나만이 갈 수 있는 성공의 길이 숨어 있을지도 모른다.

행복은 찾으면 찾을수록 멀어져간다.

왜냐하면 자신이

행복 그 자 체 이 니 까._____

Chapter 4 Happiness

93

상처입은
과거

이유가 있어서

그 과거가 나를
옭아매고 있는 것이 아니다

**내 자신이 과거를
꼭 붙들고 있다**

행복해져야 한다는
불행한 생각을 내려놓으면
자연스레 행복이 찾아온다

착한 아이여야 한다는
엄격한 생각을 내려놓으면
자연스레 선함이 나타난다

안도해야 한다는
불안을 내려놓으면
자연스레 안도감이 찾아온다

만족스럽지 못한 과거로부터
미래는 어떠해야 한다는 생각을 내려놓으면
지금 여기에서 기쁨을 발견한다

인생은
풀장 같다

저항하기에
괴롭다

힘을 빼면

떠오른다

힘을 빼면 떠오른다

수영을 하지 못하는 사람이 풀장에 들어갔다고 상상해보라. 긴장으로 온몸이 굳은 채 허우적거릴수록 가라앉을 것이다. 자신을 바꾸고 싶지만 그러지 못하고 허우적거릴수록 깊은 수렁에 빠지는 사람도 이와 비슷하다.

힘을 빼면 자연스레 물 위로 몸이 떠오르듯, 자신이 현실에 저항하고 있음을 인식하고 힘을 빼면 딱딱했던 현실도 느슨해져 물 흐르듯 유연하게 변화하기 시작한다. 이처럼 극적으로 현실을 바꾸고 싶을 때 가장 좋은 방법은 아무것도 바꾸려고 들지 말고 일단 힘을 빼는 것이다.

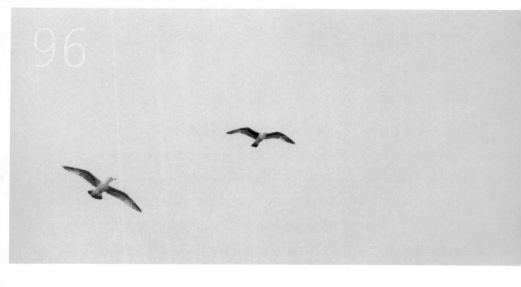

색안경이
인생을 비추고 있다

붉은빛 색안경을
쓰고 있는 사람은
붉은빛 가득한 세상을 보듯

두려움의 색안경을
쓰고 있는 사람은
두려움 가득한 세상을 보며
두려운 현실을 만들고 있다

기쁨의 색안경을   기쁨 가득한 세상을 보며
쓰고 있는 사람은   기쁜 현실을 만들고 있다

색안경을 끼고 보는 세상

푸딩을 먹기로 했다고 치자. 하지만 당신이 실제로 먹은 음식은 푸딩이 아닌 유명 셰프가 만든 계란두부였다. 아무것도 모른 채 푸딩을 먹는다고 생각하며 계란두부를 먹었다면 맛이 없어 뱉고 싶어질 것이다. '푸딩을 먹는다'고 생각하고 있었기 때문이다. 하지만 만일 처음부터 푸딩이 아니라 계란두부라는 것을 알고 먹었다면 어땠을가. 아마 맛있게 먹었을 것이다.

이처럼 우리는 과거의 경험으로부터 느낀 감각을 끄집어내 스스로 색안경을 끼고 '저런 사람은 싫은데…', '이런 건 못하는데…'라고 현실을 보는 경우가 많다.

너무 가까이에 있어서 보이지 않고
매일 보고 있어서 놓치는 것이 있다

무엇이든 익숙해지면
특별했던 것이
당연한 것이 된다

오랫동안 함께 있다 보면
소중한 사람을 소중히 여기지 않게 된다

그러나

너무 가까이에 있어서 보이지 않던 것이
멀리 떨어지면 보이게 될 때가 있다

당연하다고 생각했던 것

함께 있어준 사람

거기에 있었음을 잊어버리고 있던 것들

주변을 자세히 보면
거기에 있는 모든 것이

당연한 것이 아님을
깨닫는다

그저 만족할 줄 앎

만족할 줄 앎, 이를 지족(知足)이라 한다. 아침에 일어날 수 있어 감사하다, 오늘도 앞을 볼 수 있어 감사하다, 오늘도 들을 수 있어 감사하다, 오늘도 걸을 수 있어 감사하다, 오늘도 숨을 쉴 수 있어 감사하다, 오늘도 일을 할 수 있어 감사하다, 오늘도 휴대전화를 떨어뜨리지 않아 감사하다, 오늘도 아프지 않아 감사하다. 이렇듯 만족할 줄 아는 것, 지금 이 순간이 얼마나 감사한 것인지 축복받은 것인지 아느냐 모르느냐에 따라 행복한 인생과 불행한 인생이 나뉜다.

감사해한다고 손해 보지 않는다
불만을 말해도 손해 보지 않는다

밀져도 손해 보지 않는다
손해로부터 계속 도망쳐도 손해 보지 않는다

자신을 소중하게 대한다는 건
자신의 응석을 받아주는 것이 아니다
귀찮음을 피해 편하게 살아가는 것도 아니다

위대한
정신의 비전을
살아내는 것이다

99

사람은

영원히 변하지 않는

확실한 것을 동경하며

그것을

사랑이라 부르거나

신이라 부르기도 한다

하지만

영원히 변하지 않는 것이란

없다

영원히 변하지 않는 것은 아무것도 없다는 사실이

영원히 변하지 않는 것이다

조건이 갖추어지지 않아서 하지 못하는 사람은
조건이 갖추어져도 **하지 않는다**

돈이 없어서 풍요롭지 못하다는 사람은
돈이 있어도 **풍요롭지 않다**

시간이 없어서 못한다는 사람은
시간이 있어도 **안 한다**

기회가 없어서 의욕이 안 난다는 사람은
기회가 있어도 **의욕이 안 난다**

왜냐하면

조건이 갖추어지면 한다는 사람은
지금은 안 한다는 선택을
하고 있기 때문이다

비가 내려서 불행한 게 아니고
실연을 당해서 불행한 게 아니다

현실은 상처를 주지 않는다
현실에 대한 굳은 마음만이
스스로를 상처준다

현실은
굳은 마음보다
훨씬 따뜻하다

그저 하고 싶어서 할 뿐

조건이 갖추어지지 않아서 안 한다. 돈이 없어서 안 한다. 시간이 없어서 안 한다. 나이를 먹어서 안 한다. 핑곗거리를 찾는 이러한 내면의 소리에 귀를 기울여서는 안 된다.

'준비가 되면 한다'는 사람은 준비가 되어도 안 하는 사람이다. '지금은 안 한다'를 먼저 선택하고 있기 때문이다.

조건이 갖추어지지 않아도 일단 해보는 것. 돈이 없어도 해보는 것. 시간이 없어도 해보는 것. 나이가 많아도 해보는 것. '그저 하고 싶어서 한다.' 그저 해보는 것을 기쁨으로 아는 사람은 흐름을 타고 앞으로 나아간다.

못하는 게 아니라 그저 익숙하지 않을 뿐이다

사람들 앞에서 말을 잘 못한다고 단정 짓고 있을 뿐이지
사실은 그저 익숙하지 않을 뿐이다

못하는 게 아니라 익숙하지 않을 뿐임을 알면
남과 비교하며 우울해할 필요가 없음을 깨닫는다

못한다고 포기하지 말고 익숙해질 때까지 하고
하려고 노력하지 말고 그저 하면
그러다 익숙해지면 불안이나 두려움이 줄고
불안과 두려움이 줄면 흐름이 바뀐다

흐름이 바뀌면 눈앞의 현실도 바뀐다

좋은 사람이다

착한 사람이다

라는 사람들의 평가에 자신을 맞추다 보면

자기의 의견을 말하거나 싫다고 말하는 게

제멋대로처럼 비치지 않을까

나쁘게 비치지 않을까

미움받게 되지 않을까

고민하게 된다

적극적인 사람이다

노력하는 사람이다

라는 시선에 자신을 맞추다 보면

놀고 쉬는 게

죄짓는 것처럼 느껴지게 된다

사람들의 시선에 자신을 맞추지 말고

제한을 풀어나가면

인생은 보다 살기 쉽고

즐거워진다

본래 힘은

힘을 내려고 할 때보다

힘을 풀 때 넘쳐난다

103

본래 쉼은

며칠이나 움직이지 않고 쉬고 있을 때보다
움직인 후에 쉬었을 때 비로소 찾아온다

본래 애정은
채우려고 할 때보다
고마움을 아는 순수한 마음으로부터 생겨난다

본래 아이의 능력은
보태려고 할 때보다
이끌어줄 때 커나가기 시작한다

본래 **강인함**은
약점을 감추고 강해지려고 할 때보다
자신의 약점을 인정했을 때 **나타난다**

104

부모에게서 사랑받지 못한 게 아니다
사랑받지 못하는 아이라고
착각했을 뿐

못했기 때문에 안 된 게 아니다
못하기 때문에 안 될 거라고
착각했을 뿐

사랑받지 못하는 아이가 아니라
그저 그때는 그런 상황에 있었을 뿐이다

그런데도
어른이 되어서도
여전히 그 착각에 붙들려

사랑받지 못하는 증거를 모으고 있다

문제는

인정받지 못하는 게 아니라

인정받고 있음에도

스스로 그것을 인정하지 않는 것이다

사랑받지 못하는 병으로부터

벗어나지 못할 때

필요한 건

사랑받으려고 애쓰는 게 아니라

착각을 멈추세요

라는 메시지이다

어린 시절의 모습이 가장 자연스러웠다

왜냐하면

자연스러운 모습이 되려고 애쓰지 않았으므로

어린 시절이 가장 행복했다

왜냐하면

행복해지려고 애쓰지 않았으므로

어린 시절의 세상이 가장 넓었다

왜냐하면

세상의 크기를 모르고 있었으므로

진정으로 행복한 사람은

행복의 기준이 없는 사람이다

진정으로 그릇이 큰 사람은

그릇을 갖고 있지 않은 사람이다

행복한 존재

공부를 많이 하면 언젠가는 좋은 학교에 들어갈 것이다. 자격증을 많이 따면 언젠가는 좋은 직장에 들어갈 것이다. 운이 좋다고 말하면 언젠가는 운이 좋아질 것이다. 행복해지는 습관을 따라 하면 언젠가는 행복해질 것이다.

이처럼 우리는 지금 순간에서 행복을 찾지 않고 언젠가를 꿈꾸게 되었다.

하지만 결혼하면 행복해질 거라고 생각한 사람이 실제로 결혼을 했다는 이유로 행복해지지는 않는다. 자신이 행복하지 않은 이유가 결혼을 못했기 때문이라고 생각한 탓이다.

당신은 무엇 때문에 행복하지 않은가? 결혼을 못해서? 무언가가 부족해서? 행복해지기 위한 조건을 채우지 않으면 우리는 행복해질 수 없는 걸까? 그렇지 않다. 우리는 본래 행복한 존재이며 자유 그 자체이다.

바뀌고 싶은

내가

바뀌지 않아도 된다고

항복했을 때

변화가 시작되었다

106

행복을 찾는

내가

행복해지지 않아도 된다고

항복했을 때

행복은 지금 여기에 있었다

항복이 행복의 지름길

인생이 정말로 움직이기 시작할 때는 새로운 자신을 발견할 때가 아니라 오래된 자신이 죽을 때이다. '지난날의 나는 이제 진절머리가 난다! 이제 됐다!' 하고 철저하게 항복하면 인생에 반전이 일어나기 시작한다.
지금 항복하는 것이 행복해지는 지름길이다.

107

사랑이 끝났을 때
사랑의 감정만 남았다

이별의 슬픔이 끝났을 때
따뜻한 추억만 남았다

득실 따지기가 끝났을 때
존경과 덕망만 남았다

현실의 비애가 끝났을 때
진실한 사랑만 남았다

시간의 꿈이 끝났을 때
영원의 지금만 남았다

선악이 끝났을 때
기쁨만 남았다

바른생활이 끝났을 때
즐거움만 남았다

내 뜻(개인)이 끝났을 때
하늘의 뜻(전체)만 남았다

모든 것이 벗겨져나갔을 때
이상만 남았다

나의 이상은 지금까지도 앞으로도
나와 함께 계속 존재하리

108

만남으로부터 인생이 넓어지고
이별로부터 인생이 깊어진다

행운으로부터 자신감을 얻고
불운으로부터 성장한다

좋아하는 사람으로부터 마음을 치유받고
싫어하는 사람으로부터 마음을 연마한다

잘하는 분야로부터 나다움을 키우고
못하는 분야로부터 시야를 넓힌다

사랑받음으로써 부드러워지고
사랑함으로써 강해진다

꿈은 새로운 이야기의 시작이고

꿈의 끝은 다음 이야기의 시작이다

마음에 이는 파도는

때론 거칠고 때론 부드럽다

강해지고 싶어서 맞서 싸우면
포악한 파도에 사정없이 맞고 상처 입는다

그러나 그 후 반드시 감싸주는 파도가 와서
상처를 치유해준다

그렇게 그대는 연마되고
그대는 그대가 되어간다

불행도 불운도 필요한 조각

좋은 시나 예술작품은 작자가 행복한 상태일 때가 아니라 우울하거나 깊은 슬픔의 상태에 있을 때 탄생하기 마련이다. 마찬가지로 고민이나 불운, 이별도 본래의 나를 찾기 위해 꼭 필요한 퍼즐조각일지 모른다.

나의 능력을 이끌어내는 건

지금까지 하던 방식을 내려놓을 각오와

새로운 한 걸음을 내디딜 용기이다

돈의 흐름을 바꾸는 건

지금껏 이상으로 손해 볼 각오와
지금껏 이상으로 이익을 얻을 용기이다

관계를 풍부하게 만드는 건
자존심을 버릴 각오와
사랑받을 용기이다

나를 최대한으로 빛나게 하는 건
최하의 나와 마주할 각오와
최고의 나를 살아갈 용기이다

행복의 흐름을 타는 사람의 사고방식

* 저항하지 않고 무리하지 않는다
* 비교하지 않고 단정 짓지 않는다
* 휴식과 노동에 있어 균형을 이룬다
* 괜찮다며 받아들인다
* 다른 사람과 자신을 조절하지 않는다
* 타이밍이 나빴다고 생각할 뿐 잘못을 다른 사람 탓으로 돌리지 않는다
* 다른 사람에게 부탁을 할 수 있다

111

사람을 독점하려고 할수록
질투가 깊어지고
사람을 이해하려고 할수록
애정이 깊어진다

사람을 마음대로 하려고 할수록
고독해지고
사람을 자유롭게 할수록
사랑받는다

없는 것에 신경 쓰면
열등감이 커지고
있는 것에 감사하면
행복이 커진다

사랑받고 싶다면
먼저 자신을 사랑할 것

자유로워지고 싶다면
자신이라는 제약에서 자유로울 것

기쁨을 안고 살고 싶다면
슬픔의 감정을 받아들일 것

최고의 자신을 살고 싶다면
먼저 최하의 자신을 받아들일 것

112

진짜 인연은
생각하던 모습으로 오지 않는다
생각지 못한 모습으로 찾아온다

진짜 문장은
생각한 것을 적는 것이 아니다
생각지 못한 것을 쓰는 것이다

진짜 감동은
생각대로 느끼는 것이 아니다
생각지 못한 일을 경험할 때
일어난다

눈앞의 문이 닫히면

반드시 다른 문이 열린다

무언가를 잃어버렸다는 건
더욱 소중한 무언가를
만난다는 것이다

그리고
그 무언가와 만났을 때

지금까지의 모든 일이

일어나야 했기에
일어난 것임을 알게 된다

운명의 문이 열리기 전에는

반드시 해프닝(Happening)이 일어나며

113

그 이후 누군가와의 만남이

계기가 되어 길이 열린다

Happening은
Happy의 예고편

곤란과 마주하다

예기치 않은 사건과 마주할 때가 있다. 과거에 겪었던 것과 비슷한 문제에 부닥치거나 약점이 드러나는 일일 수도 있다. 이때 과거와 같이 반응을 할지, 새로운 길을 찾을지 선택해야만 할지도 모른다.

인생의 기로에 섰을 때는 도망치지 말고 곤란과 마주하자. 무섭지만 용기를 내서 해보든 또는 그만둬보든 하는 것이다. 그럴 수 있다면, 훗날 그 해프닝(Happening)이 행복(Happy)의 예고편이었음을 알게 될 것이다.

114

불운한 때야말로 나는 행운을 모으고 있다

힘든 때야말로 나는 크게 달라지고 있다

괴로운 때야말로 나는 행복을 향하고 있다

생각대로 되지 않을 때야말로 나는 중요한 것을 배우고 있다

한계가 왔을 때야말로 나는 나의 껍질을 깨부수고 있다

끝을 맞이하고 있는 때야말로 나는 시작을 맞이하고 있다

곤란에 직면했을 때는 이렇게 생각해보자

지금 여기에서부터 전설이 시작된다

그 일이 일어난 건 무언가 깊은 의미가 있을지 모른다

최고의 미래를 위한 최고의 과정이다

라고 말이다

이처럼 관점을 바꾸면

내 인생에서 일어나는 일들은

내게 있어 최고의 일들임을 깨닫는다

끝과 시작

학교를 졸업하고 사회생활을 시작할 때, 학생일 때의 기분을 내려놓지 않으면 사회인으로서 적절히 생활해나갈 수가 없다. 독립을 해서 혼자 살아갈 때의 자유를 내려놓지 않으면 평탄한 결혼생활을 유지할 수가 없다. 이처럼 우리는 무언가를 내려놓음으로써 다음 단계로 나아가기 때문에 인생은 잃어버림의 연속이다.

하지만 번데기가 '끝'이라고 느끼는 순간을 나비는 '시작'이라고 느끼듯, 무언가를 잃어버려 괴로웠던 마음이 추억이 될 때 우리는 번데기에서 나비로 다시 태어나고 있는 것이다.

인생은

언제 끝나버릴지 알 수 없다

115

생각만 하고

행동하지 못하는 이유는

마음 한편으로 언젠가는 되겠거니

믿고 있기 때문일지 모른다

어린 시절에는 천천히 흐르던 시간이
나이를 먹을수록 하루가 금세 지나가고
어느새 인생의 마지막 날이 다가온다

후회하지 않기 위해
더더욱 하루하루를 소중히 여기자
사랑하는 사람에게 고마움을 전하자
눈앞의 현실에 마음을 담자

꿈을 말하기보다 꿈을 살아가자
행복을 바라기보다 행복에서 살아가자
과거를 후회하기보다 미래를 향해 지금을 살아가자

전하고 싶은 마음이 전해질 수 있기를

말하지 못한 것을

말할 수 있기를

하지 못한 것을
할 수 있기를

포기했던 꿈이
언젠가는 다른 형태로 이루어지기를

받은 마음의 상처로부터
부드러운 꽃이 피기를

지금은 괴로운 일이
언젠가의 행복으로 이어지기를

헤어지는 일이 있어도
언젠가 다시 만날 수 있기를

지금까지의 고통이

앞으로의 기쁨으로 바뀌기를

내디딘 한 걸음이

내일로 이어지기를

언제나 마음에

꽃이 피기를

그런 당신으로 있을 수 있기를

그런 나로 있을 수 있기를

그렇게 있을 수 있기를

부정적인 시기는

뿌리가 활동적인 시기

쉬고

살아내고

인간적 깊이를 기르는 시간

대나무는 순을 틔우기까지 4~5년이 걸리지만 그 이후에는 단 6주 만에 30미터 정도까지 자란다. 뿌리가 깊어야 잎이 무성해지듯, 뿌리를 뻗지 않고 나무(보이는 부분)만 성장시키려고 하면 잘 되지 않는다. 마찬가지로 많은 괴로움을 겪은 사람일수록 강하게 살아갈 능력을 키우며 일상의 고마움을 알게 된다.

행복이란 불행을 경험한 뒤에야 비로소 알게 되는 것. 새하얗기만 한 세상에서라면 그 속에서 하얗게 빛나고 있어도 그 순백함을 알 수 없듯이, '어둠'을 알아야 '빛'의 대단함과 고마움을 알게 된다. 그러니 불행하다고 느끼는 그 시기 역시 고맙게 받아들여야 할지 모른다.

부정적인 시기는 우리의 뿌리를 성장시키는 시기이며 인간적 깊이를 기르는 시간이므로 '뿌리가 활동적인 시기'이다. 그 이후에 싹을 틔우고 잎을 내며 성장하여 마침내 꽃을 피우는 시기가 찾아오는 것이다.

애쓰지 않아도
괜찮다

초판 1쇄 인쇄 2018년 2월 26일
초판 1쇄 발행 2018년 3월 5일

지은이 시미즈 다이키
옮긴이 최윤영
펴낸이 한익수
펴낸곳 도서출판 큰나무
등록 1993년 11월 30일 (제5-396호)
주소 경기도 고양시 일산동구 호수로430번길 13-4 (10424)
전화 031-903-1845
팩스 031-903-1854
이메일 btreepub@naver.com
블로그 blog.naver.com/btreepub

값 13,800원
ISBN 978-89-7891-316-4 (03810)

이 도서의 국립중앙도서관 출판예정도서목록(CIP)은 서지정보유통지원시스템 홈페이지
(http://seoji.nl.go.kr)와 국가자료공동목록시스템(http://www.nl.go.kr/kolisnet)에서
이용하실 수 있습니다.(CIP제어번호: CIP2018005493)